蛙戲

馬森文集

一則喧鬧的動物寓言，
群蛙遊戲與生命意義的辯證。

Sen Ma
創作卷
09

蛙戲

附錄

秀威版總序

　　我的已經出版的作品，本來分散在多家出版公司，如今收在一起以文集的名義由秀威資訊科技有限公司出版，對我來說也算是一件有意義的大事，不但書型、開本不一的版本可以因此而統一，今後有些新作也可交給同一家出版公司處理。

　　稱文集而非全集，因為我仍在人間，還有繼續寫作與出版的可能，全集應該是蓋棺以後的事，就不是需要我自己來操心的了。

　　從十幾歲開始寫作，十六、七歲開始在報章發表作品，二十多歲出版作品，到今天成書的也有四、五十本之多。其中有創作，有學術著作，還有編輯和翻譯的作品，可能會發生分類的麻煩，但若大致劃分成創作、學術與編譯三類也足以概括了。創作類中有小說（長篇與短篇）、劇作（獨幕劇與多幕劇）和散文、隨筆的不同；學術中又可分為學院論文、文學

史、戲劇史、與一般評論（文化、社會、文學、戲劇和電影評論）。編譯中有少量的翻譯作品，也有少量的編著作品，在版權沒有問題的情形下也可考慮收入。

有些作品曾經多家出版社出版過，例如《巴黎的故事》就有香港大學出版社、四季出版社、爾雅出版社、文化生活新知出版社、印刻出版社等不同版本，《孤絕》有聯經出版社（兩種版本）、北京人民文學出版社、麥田出版社等版本，《夜遊》則有爾雅出版社、文化生活新知出版社、九歌出版社（兩種版本）等不同版本，其他作品多數如此，其中可能有所差異，藉此機會可以出版一個較完整的版本，而且又可重新校訂，使錯誤減到最少。

創作，我總以為是自由心靈的呈現，代表了作者情感、思維與人生經驗的總和，既不應依附於任何宗教、政治理念，也不必企圖教訓或牽引讀者的路向。至於作品的高下，則端賴作者的藝術修養與造詣。作者所呈現的藝術與思維，讀者可以自由涉獵、欣賞，或拒絕涉獵、欣賞，就如人間的友情，全看兩造是否有緣。作者與讀者的關係就是一種交誼的關係，雙方的觀點是否相同並不重要，重要的是一方對另一方的書寫能否產生同情與好感。所以寫與讀，完全是一種自由的結合，代表了

人間行為最自由自主的一面。

　　學術著作方面，多半是學院內的工作。我一生從做學生到做老師，從未離開過學院，因此不能不盡心於研究工作。其實學術著作也需要靈感與突破，才會產生有價值的創見。在我的論著中有幾項可能是屬於創見的：一是我拈出「老人文化」做為探討中國文化深層結構的基本原型。二是我提出的中國文學及戲劇的「兩度西潮論」，在海峽兩岸都引起不少迴響。三是對五四以來國人所醉心與推崇的寫實主義，在實際的創作中卻常因對寫實主義的理論與方法認識不足，或由於受了主觀的因素，諸如傳統「文以載道」的遺存、濟世救國的熱衷、個人的政治參與等等的干擾，以致寫出遠離真實生活的作品，我稱其謂「擬寫實主義」，且認為是研究五四以後海峽兩岸新小說與現代戲劇的不容忽視的現象。此一觀點也為海峽兩岸的學者所呼應。四是舉出釐析中西戲劇區別的三項重要的標誌：演員劇場與作家劇場，劇詩與詩劇以及道德人與情緒人的分別。五是我提出的「腳色式的人物」，主導了我自己的戲劇創作。

　　與純創作相異的是，學術論著總企圖對後來的學者有所啟發與導引，也就是在學術的領域內盡量貢獻出一磚一瓦，做為

後來者繼續累積的基礎。這是與創作大不相同之處。這個文集既然包括二者在內，所以我不得不加以釐清。

其實文集的每本書中，都已有各自的序言，有時還不止一篇，對各該作品的內容及背景已有所闡釋，此處我勿庸詞費，僅簡略序之如上。

馬森序於維城，二○一○年七月二十三日

序 《蛙戲》

　　在我的劇作中，《蛙戲》也是演出較多的一齣，因為是喜劇，人多，熱鬧。但是喜劇難寫，似乎比悲劇、正劇、通俗劇更難以為工，因為叫人看了好笑而又有意義不是件簡單的事。因此出過莎士比亞的英國，在戲劇獎外特別準備一個喜劇獎，頒給每年出色的新喜劇，以示鼓勵。法國的喜劇作家莫里哀的盛名遠超過其他法國作家，經數百年至今聲譽不墜。其實不但是英、法兩國人偏愛喜劇，其他國家的人，包括中國的觀眾在內，都愛看喜劇。我國傳統戲曲中喜劇的成分就很強，逗笑的丑幾乎穿插在所有的劇作中，而經常都是大團圓的結尾，用在通俗劇，也用在喜劇。但通俗劇不算喜劇，因其強調悲歡離合，先讓觀眾哭，再讓觀眾笑。喜劇不需要悲離的部分，也不需要引出觀眾的悲情，上乘的喜劇使觀者會心一笑即可；如引得觀眾不停地哈哈大笑，那就是鬧劇了。

　　喜劇與悲劇的區別，如果根據古希臘亞里士多德的說法，一是寫市井小民，一是寫達官貴人。所以對悲劇，觀眾是以嚴肅的心情仰望的，對喜劇則可放鬆神經向下俯視。俯視的好處就是覺得劇中的人物不如自己，智慧不如，能力不如，地位不如，運氣也不如，才可盡情地嘲笑他們，覺得自己不像劇中人那麼愚蠢、那麼倒楣，進而獲得某種滿足。此外，喜劇也會給予觀眾某種審美的感受，卻無法像悲劇似地帶給觀眾情緒上的洗滌或昇華，理論上似乎比起悲劇來矮了一截，但是自古喜劇就與悲劇分庭抗禮，因其可以叫觀眾開心，忘掉平時心中的鬱悶或悲戚，那怕是暫時的，也很值得。在現實的社會中，逐日面對貪官污吏、黑心商人、強盜騙徒，流氓神棍，如無喜劇的調侃中和，心肺都會氣炸了，所以人們認為看喜劇有益身心健康，良有以也。而況有意義的喜劇，在觀者的自我滿足外也會連帶學到一些教訓，或獲得某種啟示，使觀眾恍然領悟到一些做人處世的道理。

　　喜劇一定要大團圓的結尾嗎？傳統的喜劇的確如此，但到了荒謬劇出現，就不盡然了。荒謬劇常為人稱作「悲喜劇」或「喜悲劇」，但它不是通俗劇，它揭示人生的無意義、無道理可言說，叫人看了先是覺得滑稽可笑，骨子裡卻很可悲。人生

處境正是如此，熱熱鬧鬧的一輩子，最後總不免悲涼地走入永恆的黑暗中。我寫《蛙戲》時就沒用大團圓式的結尾，而是眾蛙都一個個地死去了；還不是一般的死，而是心甘情願地自我犧牲，包括自命先知的天才的蛙。這種荒謬的結尾，觀眾怎肯接受呢？只有一種情形，觀眾才不會覺得莫名其妙，那就是使他們聯想到我們人間其實也發生過類似的荒謬情境。德國的納粹時代、俄國的史達林時代、中國的毛澤東時代，不都是曾經先宣稱一種崇高的人生理想，鼓動人們奮發追求的情緒，然後再豎立一批假想的敵人，奮勇地向敵人攻擊，最後，把自己也賠進去？在當日那種環境中，其實大家都活得痛苦不堪，沒人真正愉快得起來，但卻沒人敢挺身反抗，就像中了魔咒一般。不同的是，人間鼓吹理想的政黨領袖或革命舵手，外表神聖得像神祇一樣不可侵犯，內在則多的是欺妄懦怯之輩，只鼓勵別人去奉獻犧牲，自己卻隔岸觀火，坐享其成。較之人類，群蛙反倒是更為誠實、悲壯的。

我並不企圖宣揚人間的愛，如果愛存於人的本性中，又何須去宣揚呢？但相信對他人殘酷，最後等於對自己殘酷，這確是經驗證明過的。世間常有眾人敬仰的先知或偉人，用美妙的言詞包裝起殘酷的內涵，就是我們時常聽聞的所謂糖衣毒藥一

類，在中毒以前總難辨認出糖衣內部的真實。所以《蛙戲》除了喜鬧之外，是有些含意了，或者說是具有某種諷刺或隱喻，也因此使這齣戲不算是一齣荒謬劇（因為荒謬劇並不屑於去諷刺人間的種種），而只能說是一齣喜悲劇。

有評論者說我喜愛採用寓言的形式，讓動物替代人類搬演人間的故事。不錯，我的戲中出現過獅子、大蟒、蒼蠅、蚊子、野鵓鴿，還有《蛙戲》中的青蛙。不但是劇作，我在《北京的故事》中也寫了不少動物。我喜歡動物，幼年時飼養過很多種動物，貓、狗、雞之類的不用說了，也養過鴿子、黃雀、黃鼠狼。後者因為是野物，給家人偷偷地丟棄了。在寂寞的童年時代，動物曾是我的玩伴。西方文學中的動物多出現在寓言和兒童故事中，以視覺、聽覺為訴求的舞劇、歌劇中也會出現。可是在中國的民間信仰，認為動物，甚至植物、礦物，都可與人性相通，因此自古就有志怪一類的作品，從先秦、六朝、唐、宋，一直到清代蒲松齡的《聊齋誌異》，綿延不絕。動物活在人的世界，人也活在動物的世界；動物有時表現得比人更有人性，人有時表現得比動物更像動物。現代的我們，承續著東西兩方面的傳統，既可以藉助物性相通的信仰，又可採取寓言的形式，使作品增多一份趣味和層次，但並非專寫給兒童看的文學。

這齣戲出版後，最早演出的不在國內，而是在澳洲的坎陪拉大學（University of Canberra）。那時老友李克曼（Pierre Ryckmans, 筆名Simon Leys）教授正在坎陪拉大學教授中文，我寄給他一本剛出版的劇作集，不想他馬上就指導他的學生演出了《蛙戲》。他為什麼選中《蛙戲》而非其他？我沒問過他這個問題，也許因為此戲人物多，可使多數的學生參與演出吧？以後《蛙戲》也成為在台灣學院劇社常演的劇目。

演出《蛙戲》時到底演員應該如何裝扮才更像青蛙？畫臉譜、帶面具，還是素面？我提議畫臉譜或帶面具，但並非硬性規定，素面也可，全看導演處理的方式。提倡「貧窮劇場」的葛羅托夫斯基（Jerzy Grotowski）就主張理想的演員不用化妝，靠演技使觀者認同所扮演的人物的性別、年齡、身態和心理。但這對演員的要求未免過高了，使訓練不足的演員難以企及。至於《蛙戲》中人物的性別，本來八隻蛙中有六隻雄性，只有兩隻雌性，但如今的劇團中時常女多於男，所以聰明的蛙和愚笨的蛙也常改由女性扮演，成為雌雄各半了。

《蛙戲》的舞台設計，一個暮秋時分的大池塘，「敗葉滿地，但天氣晴和，陽光斜斜地穿過樹叢，灑落在地上。」這樣的場景，如果經費充裕，有很大創意的空間，容易產生豐富

的美感效果。至於配樂，在話劇版中已有所提示，到了歌舞劇版，那更是譜曲者的責任了。

二○○二年「台南人劇團」想搬演一齣我的戲，因為他們的演員多數是在學的大學生，又想到他們曾經演出過音樂劇，且有多年訓練演員的經驗，我就提議不如演出《蛙戲》，不是話劇的版本，我可以另外新寫一個歌舞劇的版本以供演出。為什麼有此想法？起因於一九八七年我離開英國前，倫敦正在上演歌舞劇《貓》，非常轟動，當時沒買到戲票，所以未及觀賞就離開了，頗引以為憾。心想貓可以熱熱鬧鬧地搬上舞台，青蛙為何不可？為了不致受到《貓》劇的影響，在完成《蛙戲》的歌舞劇版本前故意不看《貓》劇的任何資料，雖然《蛙戲》同用歌舞，結果卻是與《貓》劇有絕不相同的意涵和場面。

現在《蛙戲》有兩個文本，一個是原來的話劇本，另一個是改寫的歌舞劇本，人物和情節大致是相同的，不同的是劇詞和場面。另外，在歌舞劇版最後加了個後設性的尾巴，減少了可悲的氣氛，把喜悲劇變成純喜劇，算是強調了娛樂的一面。有興趣的讀者可以加以比較。

歌舞劇《蛙戲》首演在成功大學成功廳，繼在台南市文化中心演藝廳，然後又在南台灣的高雄等地巡迴演出多場。經過

半年的集訓，年輕演員的歌與舞，居然都有模有樣，雖然比不上百老匯的歌舞明星，但在業餘的劇團中也演出了難能可貴的成績。我覺得這是一齣頗具潛力的戲，如果有職業的歌舞演員擔綱，加上一兩首動聽的歌曲，幾場可觀的舞蹈，會有更好的舞台效果。

現在秀威資訊科技公司正在出版我的文集，包括劇作在內，我特別把《花與劍》和《蛙戲》兩劇從《腳色》中分離出來另外編輯，主要是為了方便對這兩齣戲有興趣的讀者和劇團，可以單獨獲取這兩齣戲比較詳細的資料，這是在《腳色》劇集中無法插入的。

作者序於二〇一一年五月二十一日維城

從話劇到歌舞劇的《蛙戲》

　　六〇年代末期我在墨西哥教書的時候，曾經寫過一系列帶有荒謬劇意味的短劇，其中有一齣《蛙戲》，過去在巴黎遊學時所受到的那點存在主義的影響，不自覺地流露出來。人生的美妙固非人類構思的任何宗教、任何主義所可概括，但其痛處卻為存在主義者踩個正著。保守地觀察，人生既然不一定具有足以確認的義涵，來處與歸趨又如此地令人感到空茫與迷惑，面對人生的荒謬感遂成為不可避免的一種心情。用荒謬劇的形式表現這樣的心情，正好恰如其份。《蛙戲》寫的是蝦蟆的故事，正如奧威爾（George Orwell）的《動物農莊》（*Animal Farm*）並非旨在探討動物的行為，因此最後蝦蟆們一個個撞樹而死，在死掉一群蟲崽無所謂嚴重的荒謬可笑中，暗喻了人們為種種自以為高尚的理念而壯烈犧牲的另一種面相。是否表示作者看輕了人類理想的價值？抑或有些像玩世的蛙一般地玩世

不恭？從荒謬的觀點來看，實在並沒有多大差別。

　　該劇發表後，首先引起澳洲國立大學學中文的一批學生的注意，在漢學教授李克曼（Pierre Ryckmans，筆名Simon Leys）的指導下演出。後來台灣各大學的學生及小劇場團體也陸續演過這齣戲，都覺得很熱鬧、好玩，最後的結局，到底會給觀者一種什麼樣的感受，我卻未認真詢問過。

　　八〇年代在倫敦大學執教的時候，倫敦正在上演韋伯的歌舞劇《貓》，當時錯過了機會，未看到，其實真正的原因是對歌劇及歌舞劇的興趣不足。歌劇麼，看幾個大胖子杵在豪華的布景前呆呆地唱，還不如在家裡聽CD。歌舞劇雖然比較耐看，但是多半太膚淺，那時候專愛看絞腦筋的舞台劇。後來我的觀念有點改變，大概人上了點年紀，包容量大了，才覺得各種類別的次劇類各有所長；類別多，觀眾才有所選擇。因此我也對歌劇和歌舞劇有些興趣了，甚至自己也想試試看。曾經和作曲家游昌發合作過一齣歌劇《美麗華酒女救風塵》，本擬請擅唱又善演的聲樂家劉塞雲擔綱，如今斯人已杳，這齣戲至今還沒有機緣演出。

　　去年秋天，「台南人劇團」想要演一齣我的戲，我建議演《蛙戲》，不過我想重新改寫成歌舞劇的形式，像《貓》那樣。雖然我一直還未看過《貓》，但知道此劇多年來久演不

輟，著實令人羨慕。正巧「台南人劇團」也有過演出歌舞劇的經驗，他們極願一試，並且介紹了擅長作曲的黃詩媛小姐擔任譜曲的重任，又禮聘專業音樂人謝誌豪參與編曲。今年二月完成了歌舞劇《蛙戲》的初稿，三月初又完成了修正稿，寫了二十多支歌的歌詞，加了舞蹈，改寫了情節和結尾，終成為目前九場加序曲的形式，這時候才想到也許應該借來《貓》的錄影帶一窺他山之石。看過後覺得《貓》的確是一部極盡聲色之娛的佳作，難怪久演不輟。其中 Memory 一曲，迴腸盪氣，令人難忘。看來歌舞劇中非有幾支動聽的曲子、幾場炫目的舞蹈不足以抓住觀者的心。至於導演的場面調度、演員的歌舞訓練、布景的考究、燈光的設計、服裝與化妝的搭配等等，都比一般的舞台劇要求更高。歐美的歌舞劇淵源流長，製作、作曲、能歌善舞的演員等，人才濟濟，因此推出一齣歌舞劇並非難事，經常從倫敦到紐約，一演就是數年之久。但如今在國內，歌舞劇正在起步，各方面的人才並不充足，演出一齣歌舞劇等於在做基礎的培訓工作。

　　這次歌舞劇《蛙戲》由許瑞芳小姐承擔製作大任，在倫敦學戲劇的呂柏伸擔任藝術指導、黃詩媛作曲、高祀昭導演。利用有限的經費，台南人劇團認真設計了舞台（李維謀）、燈光

（阿傑）、服裝（盧詩韻、王馨履）和化妝造型（陳昭吟）。又特別請了在台南師院音樂系教聲樂的余文立老師擔任演唱者的個別指導，美國伊利諾大學舞蹈碩士羅文瑾編舞兼教舞。為了使演出完美，沒有一個人不是卯足了勁。

　　演員選自台南人劇團青年劇場的學員，他們分別來自成功大學、崑山科技大學、高雄醫科大學、文藻外語學院、台南女子技術學院等校，全是在校學生。他們雖非專業的歌者或舞者，但經過三個多月的密集訓練，居然載歌載舞，有模有樣，可見有不少隱藏在大專院校中具有潛力的表演人才，正待有心人的發掘。在成功大學成功廳的試演，竟然座無虛席，贏得觀眾的熱烈掌聲。接下來又在高雄的文藻外語學院化雨堂演出一場。七月五、六兩日和二十七日將要正式在台南市藝術中心演藝廳和台南縣綜合活動中心面對台南市和台南縣的票房觀眾了。

　　歌舞劇首要的是通過視聽的饗宴帶給觀者歡樂，至於其中有無微言大義，實在無關宏旨。《貓》是一齣純娛樂的歌舞劇，《蛙戲》在娛樂之外卻似乎多了點對人世的反諷，又加荒謬的趣味可以減少些濫情，到底是得是失，只有留待觀眾去評斷吧！

二〇〇二年六月二十日

2002年台南人劇團演出海報

2002年歌舞劇蛙戲海報

演職員表

2002年歌舞劇蛙戲演職員表

服裝設計圖

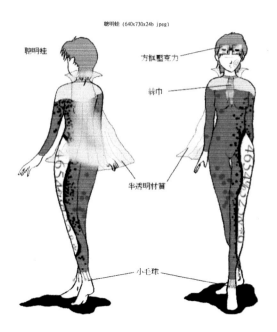

聰明蛙 (640x730x24b jpeg)

聰明蛙

方框壓克力

絲巾

半透明材質

小毛球

聰明蛙

群蛙 (740x720x24b jpeg)

群蛙

可做改變
加以區分

所有蛙的斑點皆
可以上色或拼貼
方式進行

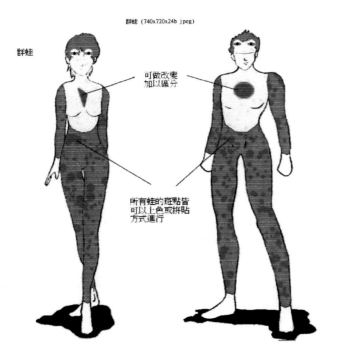

群蛙

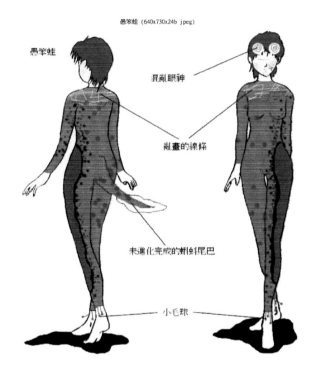

愚笨蛙 (640x730x24b jpeg)

愚笨蛙

混亂眼神

亂畫的線條

未進化完成的蝌蚪尾巴

小毛球

愚笨蛙

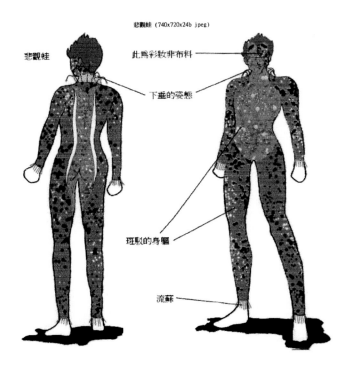

悲觀蛙 (740x720x24b jpeg)

悲觀蛙

此為彩妝非布料

下垂的姿態

斑駁的身軀

流蘇

悲觀蛙

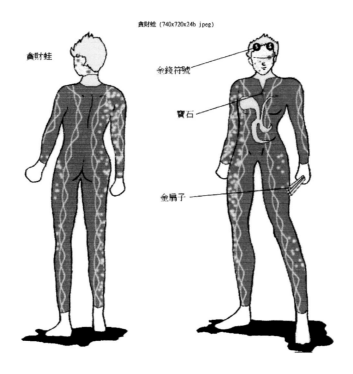

貪財蛙 (740x720x24b jpeg)

貪財蛙

金錢符號

寶石

金扇子

貪財蛙

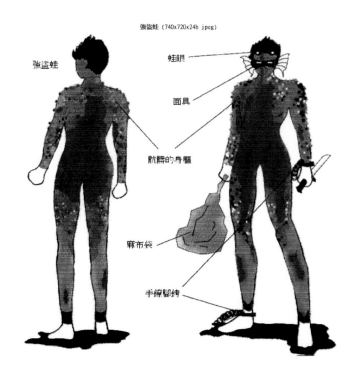

強盜蛙 (740x720x24b jpeg)

強盜蛙

蛙眼

面具

骯髒的身軀

麻布袋

手鐐腳銬

強盜蛙

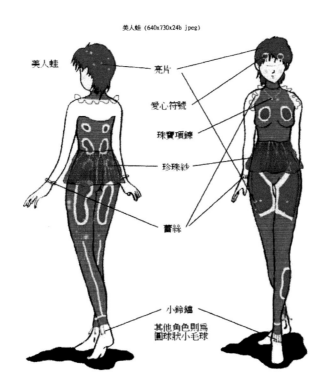

美人蛙 (640x730x24b jpeg)

美人蛙

亮片

愛心符號

珠寶項鍊

珍珠紗

蕾絲

小鈴鐺

其他角色則為
圓球狀小毛球

美人蛙

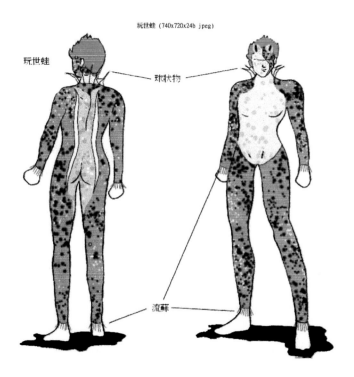

玩世蛙 (740x720x24b jpeg)

玩世蛙

球狀物

流蘇

玩世蛙

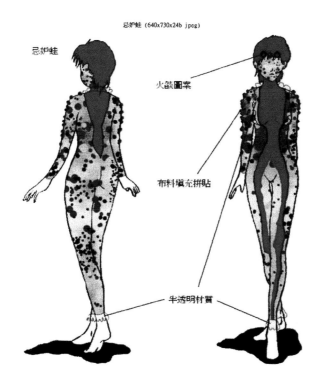

忌妒蛙 (640x730x24b jpeg)

忌妒蛙

火燄圖案

布料填充拼貼

半透明材質

忌妒蛙

司儀蛙 (740x720x24b jpeg)

司儀蛙

絲巾

有流水紋的布料

司儀蛙

天才蛙 (740x809x24b jpeg)

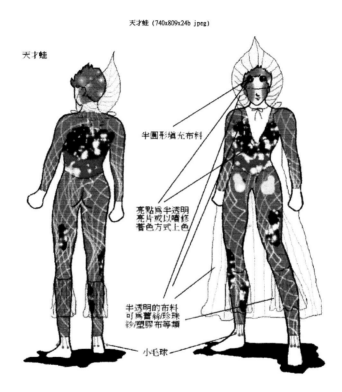

天才蛙

半圓形墊布料

亮點為半透明
亮片或以噴修
著色方式上色

半透明的布料
可為蕾絲珍珠
紗/塑膠布等類

小毛球

天才蛙

燈光圖

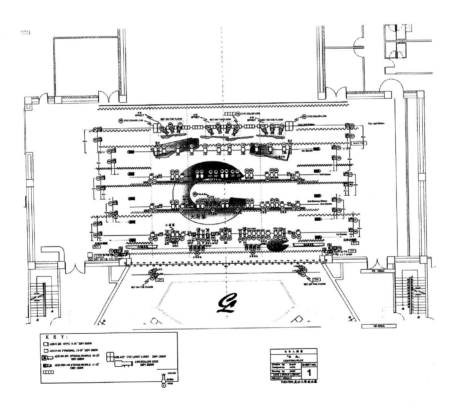

劇照

2002年歌舞劇蛙戲劇照-1

2002年歌舞劇蛙戲劇照-2

2002年歌舞劇蛙戲劇照-3

2002年歌舞劇蛙戲劇照-4

2002年歌舞劇蛙戲劇照-5

2002年歌舞劇蛙戲劇照-6

2002年歌舞劇蛙戲劇照-7

2002年歌舞劇蛙戲劇照-8

劇作家與導演、演職員合影

蛙戲（話劇）

景：一個大池塘的岸邊，時近暮秋，敗葉滿地，但天氣晴和，
　　陽光斜斜地穿過叢樹，洒落在地上。沒有一點風，塘水靜
　　得像鏡子一般。

人物：

悲觀的蛙──用面具或用臉譜繪出悲觀的特色。以下人物均
準此。

玩世的蛙

貪財的蛙

強盜蛙

愚笨的蛙

聰明的蛙

嫉妒的蛙

美人蛙